**Georg Jellinek**

# Die Weltanschauungen Leibnitz' und Schopenhauer's, ihre Gründe und ihre Berechtigung

Antigonos

Georg Jellinek

# Die Weltanschauungen Leibnitz' und Schopenhauer's, ihre Gründe und ihre Berechtigung

Unveränderter Nachdruck der Originalausgabe von 1872.

1. Auflage 2024  |  ISBN: 978-3-38646-661-5

Antigonos Verlag ist ein Imprint der Outlook Verlagsgesellschaft mbH.

Verlag: Outlook Verlag GmbH, Zeilweg 44, 60439 Frankfurt, Deutschland  info@outlook-verlag.de
Vertretungsberechtigt: E. Roepke, Zeilweg 44, 60439 Frankfurt, Deutschland
Druck: Libri Plureos GmbH, Friedensallee 273, 22763 Hamburg, Deutschland

# DIE WELTANSCHAUUNGEN

# LEIBNITZ' UND SCHOPENHAUER'S

## IHRE

## GRÜNDE UND IHRE BERECHTIGUNG.

EINE STUDIE ÜBER OPTIMISMUS UND PESSIMISMUS.

INAUGURAL-DISSERTATION

DER

PHILOSOPHISCHEN FACULTÄT DER UNIVERSITÄT LEIPZIG

ZUR ERLANGUNG DER PHILOSOPHISCHEN DOCTORWÜRDE

EINGEREICHT VON

## GEORG JELLINEK.

WIEN 1872.

VERLAG VON ALFRED HÖLDER.

BECK'SCHE UNIVERSITÄTS-BUCHHANDLUNG.

ROTHETHURMSTRASSE No. 15.

MEINEN THEUERN ELTERN

HERRN

D<sup>R.</sup> ADOLF JELLINEK

FRAU

ROSALIE GEB. BETTELHEIM

IN

KINDLICHER LIEBE UND DANKBARKEIT

GEWIDMET.

Zwei entgegengesetzte Weltanschauungen sind es, welche
mehr oder minder ausgeprägt in der Geschichte der Völker, wie
im Leben der Einzelnen, in der Geistesströmung ganzer Epochen,
wie in der Gedankenrichtung der Individuen zum Ausdrucke
kommen. Die eine sieht in dem Kosmos ein geordnetes und wohl
eingerichtetes Ganzes, erblickt überall lebendigen Fortschritt und
kehrt sich daher dem Leben zu, um es thatkräftig auszufüllen;
die andere schaut nur Jammer, Elend und Wehe in der Welt,
betrachtet sie als ein Erzeugniss des Truges, dem jeder Sinn fehlt,
zieht sich zurück aus dem bunten Spiel der Erscheinungen und
sehnt sich nach Erlösung von dieser Erde, welche ihr als der
ewige Tummelplatz unermüdlichen Haders und Streites gilt.

Diese beiden Anschauungen sind in mannigfachen Abstufungen
enthalten in den verschiedenen Religionen, von dem Ausspruche
Elohim’s, dass Alles sehr gut sei, bis zu der düsteren Lehre des
Buddhisten, nach welcher das Weltall mit allen seinen Wesen ein
leerer nichtiger Schein ist; sie tönen wieder mit vieler Abwechs-
lung aus den Gesängen der Dichter, von dem sehnsüchtigen Aus-
rufe des Achilles, dass es besser sei, als der niedrigste Knecht auf
der Oberwelt zu weilen, denn als Fürst im Reiche der Schatten,
bis zur erschütternden Klage des sophokleïschen Chores: Μὴ φῦναι
τὸν ἅπαντα νικᾷ λόγον; sie bilden das bewegende Element in den
Richtungen und Bestrebungen aller Perioden der Geschichte. Die
eine heisst den Menschen sich in Einöden zurückziehen und in
einsamer Beschauung das Dasein fern von dem Gewühle des
Lebens zuzubringen, die andere lässt ihn Meere durchschiffen,
Länder entdecken und lehrt ihn, die Sorge für die Gesammtheit
und deren Entwickelung und Fortschreiten, für den höchsten und
heiligsten Zweck zu halten.

Diese beiden Ansichten nun wollen wir zu prüfen und ihre
philosophische Bedeutung zu erforschen versuchen. Zu diesem

Zwecke wählen wir zwei Männer, welche, zu den äussersten Extremen in den praktischen Resultaten ihrer Systeme gelangend, jene beiden entgegengesetzten Betrachtungsweisen am klarsten und reinsten repräsentiren und gleichsam verkörpern. Es sind dies Leibniz und Schopenhauer. Der Satz: „Die Welt ist gut" tritt bei jenem unter der Form auf: *Ce monde est le meilleur des mondes possibles*, während bei Letzterem diese Welt nicht nur als schlecht, sondern als die schlechteste aller möglichen Welten gilt [1]. Optimismus und Pessimismus finden in neuerer Zeit ihre hervorragendsten und bedeutendsten Vertreter in diesen beiden Männern. An ihnen können wir daher jene Weltanschauungen am besten studiren, deren Gründe und Berechtigung am klarsten darlegen.

Vor allem dürfte es scheinen, als ob der grelle Widerspruch in den philosophischen Resultaten beider Männer aus einer entschiedenen Differenz der Principien entspringen müsse und durch diese bedingt sei. Wir werden aber finden, dass die Ausgangspunkte L.'s und Sch.'s nicht so weit von einander entfernt sind, als man auf den ersten Anblick glauben könnte und dass daher der grosse Abstand der Endpunkte anderswoher begründet werden müsse. Wir werden zu zeigen versuchen, dass die Ursache ihrer praktischen Philosophie nicht liegen kann in den metaphysischen Dogmen, auf welche sie das Gebäude ihrer Systeme errichten wollen.

Vergleichen wir zuvörderst die Stellung, welche L. und Sch. zu den ihnen unmittelbar vorangegangenen und gleichzeitigen philosophischen Systemen einnehmen, so werden wir darin eine auffallende Aehnlichkeit erkennen. Die Lehre L.'s befindet sich im schärfsten Gegensatze zu dem Pantheismus Spinoza's, dessen alleine Substanz das einzig wahrhaft Sciende ist, während die einzelnen Dinge nur vorübergehende Modificationen der Gottheit bilden. Dieser Philosophie gegenüber stellte er seine Doctrin von der unzähligen Fülle der Substanzen, den Monaden, auf. Während Spinoza ausgeht von dem Begriffe der einen, unendlichen, unveränderlichen Substanz, wird dieser Begriff von L. individualisirt und das Individuum zum Principe der Metaphysik erhoben. In einem gleichen Verhältnisse steht Sch. zu der Identitätsphilosophie, deren oberste Begriffe das absolute Ich, die absolute Idee sind. Diese vom Absoluten ausgehenden Speculationen werden von

---

ihm gänzlich verworfen nnd der Kern der Welt im Individuum gefunden, wo er sich als Wille am deutlichsten manifestirt.

Wir sehen also, dass beide zu ihren philophischen Grundgedanken kamen, indem sie vom Individuum ausgingen; bei L. wird das Einzelne Substanz, bei Sch. ist das Absolute im Einzelnen ganz und vollständig erhalten. Wie der eine den Spinozismus durch die Monadenlehre gänzlich zu vernichten meinte [1]), glaubte dieser die Speculationen Fichte's, Schelling's und vor allem Hegel's für immer *ad absurdum* geführt zu haben.

Die L.'sche Metaphysik entwickelte sich aber auch im Gegensatze zu der Cartesianischen, welche das Wesen der Körper blos in der Ausdehnung bestehen liess und daher die Bewegung nur durch eine ausserhalb der Materie liegende Ursache erklären konnte. Der mechanischen Weltanschauung Cartesius' setzt er entgegen die dynamische, indem das innerste Sein der Monade durch den Begriff der Kraft constituirt wird [2]). Die Kraft ist unausgesetzt thätig und wirkend, sie ist ein zweckthätiges Princip, Entelechie, ist formgebende, gestaltende Kraft. Die Monade ist keinerlei äusseren Einflüssen zugänglich, alle Veränderungen kommen aus ihrem Innern, sind ihre Selbstbestimmungen, ihre Vorstellungen. Aber der Begriff der Vorstellung muss wohl unterschieden werden von dem der bewussten Vorstellung; jener bedeutet bloss die Repräsentation äusserer Veränderungen im Innern, einer Vielheit im Einfachen [3]). Die Monade ist ferner begabt mit einem ununterbrochenen Streben, *appetitus, appétition,* welches einen steten Uebergang von einer Veränderung zur andern, von Vorstellung zu Vorstellung tendirt [4]). Vorstellung und Streben sind die Grundeigenschaften aller Monaden und diese unterscheiden sich nur nach dem Grade dieser beiden Momente, welche, in stetiger Reihe aufwärtssteigend, im Menschen sich zum selbstbewussten Denken und Handeln steigern. Die Vorstellung

---

[1]) Siehe: *Lettre II à Bourguet. L. opera philosophica ed. Erdmann. pag. 720.*

[2]) Siehe: *De primae philosophiae emendatione Erdmann. pag. 122.*

[3]) „. . . *perceptio nihil aliud est, quam multorum in uno expressio*". *Epist. III. ad De Bosses. Erdm., pag. 438.* — „*Perceptio nihil aliud est, quam illa ipsa repraesentatio variationis externae in interna*". *Commentatio de anima brutorum VIII. Erdm., pag. 464.* Siehe ferner: *Monad. 14, Erdm. pag. 706.*

[4]) „*L'action du principe interne, qui fait le changement ou le passage d'une perception à une autre, peut être appellée Appétition*". *Monad. 15. Erdm., pag. 706.* „*Ita in omni Entelechia primitiva perceptioni respondet appetitus seu agendi conatus ad novam perceptionem tendens*". *Comment. de an. brut. XII., Erdm. pag. 464.*

hat unzählige Stufen von der deutlichen, bis zur dunkeln, bewusstlosen. Die letztere ist von der grössten Bedeutung, auf ihr basirt die L.'sche Psychologie, die Lehre vom Mikrokosmos und der Weltharmonie [1]. Die Monade und mit ihr der Kosmos ist in einem ewigen Entwickelungsprocesse begriffen, dessen letztes Ziel Gott, die höchste der Monaden, ist.

Wenden wir uns nun zu Sch., so sehen wir, dass er, obwohl vom Individuum ausgehend, doch zu einem all-einen Principe gelangt, dem Willen, dessen Erscheinung in Raum und Zeit die sichtbare Welt, die Welt der Vorstellung bildet. Der Träger dieser Welt ist der Intellect, der, als etwas Secundäres, vom Willen zu seinem Dienste Hervorgebrachtes, wie das ihm entsprechende körperliche Organ, das Gehirn, der Vergänglichkeit anheimfällt. Die Vielheit der Dinge ist nur subjectiv, entspringend aus den Formen des Raumes und der Zeit, welche für Sch. das *principium individuationis* sind, an sich ist sie blos der eine ungetheilte Wille. Aber nirgends hat Sch. sich mehr widersprochen als in diesem Punkte. In den Ausführungen seines Systemes wird auch eine metaphysische Vielheit angenommen, besonders in den ästhetischen und ethischen Lehren. Dort wird von einer Vielheit der über Zeit und Raum erhabenen Ideen geredet und dadurch die metaphysische Existenz der Gattung behauptet, hier wird der Mensch, mit Kant, als intelligibler Charakter betrachtet, dessen freie That der empirische, in der Erscheinung sich äussernde ist [2]), das Individuum also zu etwas auch im transcendenten Sinne Selbstständigem gemacht [3]). Nicht glücklicher ist es Sch. mit dem Festhalten der Intellectlosigkeit des Willens ergangen. Er merkt gar nicht, „dass der unbewusste Naturwille *eo ipso* eine unbewusste Vorstellung als Ziel, Inhalt oder Gegenstand seiner selbst voraussetzt, ohne die er leer, gegenstandslos und unbestimmt

---

[1]) Vgl.: *Nouveaux Essais. Avant-propos. Erdm., pag. 197, 198.*

[2]) Siehe hauptsächlich: Die beiden Grundprobleme der Ethik. 2. Aufl. Leipzig 1860. S. 81, 82, 90—98.

[3]) Dies hat Sch. wohl gefühlt. Er schlüpft aber über die hieraus entspringenden Schwierigkeiten mit folgender Bemerkung hinweg: „Hieraus folgt nun ferner, dass die Individualität nicht allein auf dem *principio individuationis* beruht und daher nicht durch und durch blosse Erscheinung ist, sondern dass sie im Dinge an sich, im Willen des Einzelnen, wurzelt; denn sein Charakter selbst ist individuell. Wie tief nun aber ihre Wurzeln gehen, gehört zu den Fragen, deren Beantwortung ich nicht unternehme". Parerga und Paralipomena. 2. Aufl. Berlin 1862. II. Bd. §. 117. S. 243.

wäre; so geberdet sich denn der unbewusste Wille in den scharfsinnigen Betrachtungen über Instinct, Geschlechtsliebe, Leben der Gattung u. s. w. immer genau so, als ob er mit unbewusster Vorstellung verbunden wäre, ohne dass Schopenhauer letzteres wüsste oder zugäbe" [1]). In der That nimmt er überall eine dunkle Spur von Bewusstsein an, selbst in der unorganischen Natur. „Das blosse Analogon von Bewusstseyn, welches wir noch der Pflanze zuschreiben müssen, wird sich zu dem noch viel dumpferen, subjectiven Wesen eines unorganischen Körpers ungefähr verhalten, wie das Bewusstseyn des untersten Thieres zu jenem *quasi* Bewusstseyn der Pflanze" [2]). Ja, er erkennt sogar, ganz wie L., eine Entwickelung des Bewusstseins an und lässt, ganz wie dieser, den Gradunterschied desselben die Differenz unter den Wesen bestimmen. „Schon die bloss empirische Betrachtung der Natur erkennt, von der nothwendigen und allgemeinen Aeusserung einer Naturkraft an, bis zum Leben und Bewusstseyn des Menschen hinauf, einen stetigen Uebergang durch allmälige Abstufungen, ohne andere als relative, ja meist schwankende Grenzen" [3]). Wenn er sich also rühmt, der Erste gewesen zu sein, der das wahre Verhältniss des Willens zum Intellect entdeckt hat, wonach dieser bloss ein Accidenz des Ersteren ist, so sprechen seine naturphilosophischen Ausführungen entschieden dagegen. Er kannte eben die L.'sche Lehre nicht genau, dass Vorstellung und Bewusstlosigkeit sich zusammen vereinigt finden können und identificirt daher Intellect und Bewusstsein [4]). Fassen wir aber das Wort „Vorstellung" im L.'schen Sinne, in dem es eben nur ein Analogon von Bewusstsein bedeutet, so finden wir, dass es auch Sch., wenn auch ohne es zu wissen, zu einem Grundprincipe seiner Philosophie gemacht hat, und dass bei ihm, gerade wie bei L.,

---

[1]) Ed. v. Hartmann, Philosophie des Unbewussten. 2. Aufl. Berlin 1870. S. 20

[2]) Welt als Wille und Vorstellung. II. Bd. S. 318.

[3]) Welt als Wille und Vorstellung. II. S. 362. Vgl. Cap. 23: Objectivation des Willens in der erkenntnisslosen Natur. Z. B.: „Die Aenderungen im Laufe der Erde und des Mondes, je nachdem eines derselben, durch seine Stellung dem Einfluss der Sonne bald mehr, bald weniger ausgesetzt ist, hat augenfällige Analogie mit dem Einfluss neu eintretender Motive auf unsern Willen und mit den Modificationen unseres Handelns danach". S. 340. Also Analogie mit dem bewussten Handeln.

[4]) Welt als Wille und Vorstellung. II. S. 148, spricht er bloss von den undeutlichen Vorstellungen, die den deutlichen vorangehen.

Wille und Vorstellung stets vereinigt sind und das Wesen der
Dinge ausmachen [1]).

Wir stellen natürlich keineswegs die Behauptung auf, dass
zwischen den metaphysischen Dogmen L.'s und Sch.'s irgend eine
nähere Verwandtschaft existire, es genügt uns, zu zeigen, dass sie
nicht, wie man nach den sich widerstreitenden Weltanschauungen
ihrer Urheber meinen müsste, *toto genere* verschieden sind, sondern
dass die Grundideen des Einen eine gewisse Aehnlichkeit mit denen
des Andern aufzuweisen vermögen. (Wenn es scheinen könnte, als
ob wir die Anschauungen Sch.'s gewaltsam geändert hätten, so ist
zu bedenken, dass es überhaupt sehr schwer ist, bei diesem wider-
spruchsvollen Denker ein einziges Princip consequent durchgeführt zu finden, und dass es daher erlaubt sein muss, die Consequenzen zu ziehen, welche nothwendig aus seinen Aussprüchen
gefolgert werden müssen. Dies haben wir mit dem Begriffe des
Willens gethan und gefunden, dass er die Intellectlosigkeit desselben nicht durchzuführen vermag.)

Um die Differenz in den Resultaten der Philosopie beider
Männer zu verstehen, werden wir tiefer eindringen müssen in ihre
eigenthümliche Anschauungsweise und dieselbe in ihre Bestand-

---

[1]) Wie wenig sich Sch. mit der von ihm behaupteten Intelligenzlosigkeit
des Urwillens zurechtzufinden weiss, geht besonders aus folgender, für seine
Philosophie höchst merkwürdiger Stelle hervor: „Zudem beruht alles hier Ge-
sagte auf der Voraussetzung, dass wir nun einmal einen nicht bewusstlosen
Zustand uns nicht anders vorstellen können, als dass er ein erkennender sei,
mithin die Grundformen alles Erkennens, das Zerfallen in Subject und Object, in ein Erkennendes und Erkanntes, an sich trage. Allein wir haben zu
erwägen, dass diese ganze Form des Erkennens und Erkanntwerdens, bloss durch
unsere animale und abgeleitete Natur bedingt, also keineswegs der Urzustand
aller Wahrheit und alles Daseyns ist, welcher daher ganz anderartig
und doch nicht bewusstlos sein mag. Ist doch sogar unser eigenes,
gegenwärtiges Wesen, soweit wir es in sein Inneres zu verfolgen vermögen,
blosser Wille, dieser aber, an sich selbst, schon ein Erkenntnissloses. Wenn
wir nun durch den Tod den Intellect einbüssen, so werden wir dadurch nur
in den erkenntnisslosen Urzustand versetzt, der aber nicht desshalb
ein schlechthin bewusstloser, vielmehr ein über jene Form erhabener
seyn wird, ein Zustand, wo der Gegensatz von Object und Subject wegfällt,
weil hier das zu Erkennende mit dem Erkennenden selbst wirklich und unmittelbar eins seyn würde, also die Grundbedingung alles Erkennens fehlt". Parerga II.
§. 149. S. 291. Wem muss sich hier nicht der Gedanke aufdrängen, dass die
schonungslos aus der Welt hinausgeworfene Intelligenz ganz sachte zum Hinter-
pförtchen wieder hereingelassen wird? Erinnert nicht nebenbei der „Urzustand"
des Willens höchst lebhaft an das Fichte'sche Ich vor Setzung des Nichts-Ich?

theile zu zerlegen versuchen. Denn nichts ist zusammengesetzter und complicirter als die Weltanschauung eines Menschen. Sie bildet sich so unbewusst, enthält so viele *petites perceptions,* ist bedingt durch so viele äussere Einflüsse und innere Erfahrungen, wie durch den ursprünglichen Charakter, dass man sie gleichsam in die Retorte bringen und in ihre Bestandtheile zerlegen muss, um sie vollständig zu verstehen.

Zuerst ist es die Atmosphäre der Zeit, in der ein Individuum lebt, die ihm ihr eigenthümliches Gepräge aufdrückt, seine Richtungen und seine Ziele bestimmt. Die Pflanze entwickelt sich anders unter dem Einflusse des Sonnenlichtes, anders in dunkeln Räumen, hier wird sie verkümmert am Boden kriechen, dort ihre Aeste kühn zum Himmel emporstrecken. Selbst der grösste Geist ist beherrscht von dem Charakter seiner Epoche, ja er ist es, der ihn am reinsten und lautersten zum Ausdrucke bringt. Wir dürfen es daher nicht beachten, wenn Sch. sich gegen die Ableitung seiner Philosophie aus den Zeitverhältnissen sträubt und denselben jeden Einfluss auf seine Denkungsweise abstreitet[1]). Erzählt doch einer seiner Biographen, dass seine Philosopheme meist aus Anlass eines Erlebten und Erfahrenen niedergeschrieben wurden[2]). Aber auch ohne dieses Zeugniss würde man aus dem Hauptwerke Sch.'s ganz deutlich die Bestrebungen und Tendenzen der Periode seiner Entstehung herauslesen können. In noch höherem Masse dürfen wir einen Einfluss der Zeitverhältnisse auf den philosophischen Bildungsgang L.'s annehmen, der wie kein Zweiter im Stande war, das Leben kennen zu lernen und, fast in allen Gebieten höherer menschlicher Thätigkeit zu Hause, mit den hervorragendsten Männern seines Jahrhunderts verkehren durfte. Wir wollen zunächst versuchen, diese Zeit kurz zu charakterisiren.

Der dreissigjährige Krieg hatte ausgetobt und mit ihm der grösste Theil der religiösen Leidenschaften. Ein tiefes Friedensbedürfniss war eingetreten in die Gemüther, ein Geist der Milde und Duldung machte sich bemerkbar, den vergangene Jahrhunderte nicht geahnt hatten. In Frankreich erhob sich unter der Regierung Ludwig XIV. die Literatur zu ihrer classischen Periode, Akademien wurden gestiftet, Wissenschaften und Künste geschätzt und belohnt. In England lebten ein Newton und Locke, die

---

[1]) Siehe: Lindner und Frauenstädt, Arthur Schopenhauer. Von ihm, über ihn. Berlin 1863. S. 306, 654.

[2]) Siehe ebendaselbst S. 20.

Naturwissenschaft machte ihre grossen Entdeckungen, die eine so tiefgehende Umwandlung in der Denkungsart Europa's hervorriefen. In Deutschland regte sich ein mächtiger Geist gegen verjährte Vorurtheile, ein Thomasius wagte es, die Existenz der Hexen zu bezweifeln und für die Schuldlosigkeit von tausenden unglücklichen Schlachtopfern barbarischer Verfinsterung zu plaidiren. Das Zeitalter der Aufklärung nahte heran. Aus den Ruinen blühte neues Leben, eine neue Zeit verkündend. Die Revolution sendete ihre ersten Vorboten herüber, die L. so wohl bemerkt hatte [1]. In Jugendkraft erhob sich der neue preussische Staat, eine glücklichere Zukunft dem armen, aus tausend Wunden blutenden Deutschland verheissend. So war Alles erfüllt von Keimen, die Gegenwart, um einen Lieblingsausdruck L.'s zu gebrauchen, *gros de l'avenir*. Der Anfang einer neuen Epoche war gekommen und L. einer der ersten, welcher sie einleitete. Es war die Epoche des jugendlich frischen Strebens, dem die Sturm- und Drangperiode der Revolution folgte. Ein Jünglingszeitalter war für Europa angebrochen und insbesondere für das geistige Leben Deutschland's, das, sich mächtig entwickelnd, bald die herrlichsten Früchte tragen sollte.

Die grosse Epoche, in deren Beginn die Wirksamkeit L.'s fällt, sie war fast völlig abgelaufen, als Arthur Schopenhauer zu denken anfing. Ströme Blutes waren geflossen, die Gräuelscenen der endlosen Kriege, welche die nimmersatte Ruhmgier Napoleon's heraufbeschworen hatte, zogen an dem Auge des Jünglings vorüber. Als der corsische Löwe endlich gebändigt und Frankreich in seine alten Grenzen zurückgewiesen wurde, war die Thatkraft der Völker erschlafft. Alles trieb nach rückwärts, die Politik zur Restauration, die Literatur zur Romantik. Eine öde Leere hatte das ganze Zeitalter ergriffen, kein bedeutender Geist findet sich in der nichtigen Gegenwart befriedigt. Ein Sehnen nach vergangenen besseren Zeiten tritt ein, geträumte Paradiese werden mit der schalen Wirklichkeit verglichen und diese trostlos befunden. Die Periode des Weltschmerzes beginnt. Byron, Heine, Lenau geben ihr poetischen Ausdruck, Sch. hat ihr den philosophischen gegeben. Dieselbe innere Zerrissenheit, welche jene Dichter charakterisirt, sie bildet einen Grundzug in dem Wesen Sch.'s. „Es ist eine

---

[1] Siehe: Gottfried Wilhelm Freiherr von Leibnitz. Eine Biographie von Dr. G. E. Guhrauer. Breslau 1842. II. Theil. S. 319, 320.

unmögliche, in sich selbst sich widersprechende Forderung fast aller Philosophen, dass der Mensch innere Einheit seines Wesens, Eintracht mit sich selbst erlangen soll" [1]). Theoretische Abwendung von der Sinnlichkeit und doch praktische Unmöglichkeit, ihr zu entsagen [2]), Versenkung in die Anschauungsweise untergegangener Culturen und fremder Religionen, Preisen längst entschwundener Perioden als die geistig höherstehenden [3]), Abneigung gegen den Protestantismus und Hochhaltung des Katholicismus [4]), laute Klagen über das Elend dieser Welt und tiefe Sehnsucht nach Erlösung, dies Alles ist nicht nur in dem Leben und den Schriften Sch.'s zu finden, sondern bildet den Grundzug der geistigen Tendenzen, die in den ersten Decennien unseres Jahrhunderts besonders in Deutschland herrschend waren. Das maschinenhaft todte Staatswesen konnte den strebenden Geist nicht anziehen, der Gemeinsinn verminderte sich, auf gesellschaftlichem Gebiete trat Atomismus ein, der Einzelne erhob sich über das Ganze, der Selbstcultus des Genie's nahm überhand. Der Geniale sieht sich als ein höheres Wesen an und blickt auf die übrigen Menschen mit Verachtung herab. Diese Selbstüberhebung, die sich bei Friedrich Schlegel und Schelling zeigte, sie erreicht ihren Gipfelpunkt in Schopenhauer. Er wird nicht müde, die trostlose Einsamkeit zu schildern, in der sich das geniale Individuum befindet, die weite Kluft zu betonen, die es von dem „Menschenpack" trennt und seine liebevolle Schilderung des Genius, die zum grossen Theile Selbstschilderung ist, gehört zu dem Schönsten, was er geschrieben [5]). Das Rückwärtsschauen in die Vergangenheit erzeugt Verkennung der Gegenwart, Gleichgiltigkeit gegen die Zukunft. Da das Interesse für das Gemeinsame überhaupt nachgelassen hatte, wird die Idee eines stetigen Fortschrittes in der Geschichte nicht begriffen. Die Geschichte ist bloss ein ewiges Einerlei stets sich wiederholender Gräuelscenen, ihre Devise lautet: *Eeadem, sed aliter.* Hat einer den Herodot gelesen, so hat er, in philo-

---

[1]) Siehe: Lindner und Frauenstädt. S. 267.

[2]) Siehe: W. Gwinner, Sch. aus persönlichem Umgange dargestellt. Leipzig 1862. S. 147, 148.

[3]) „Die Bauten der Hindu, Aegypter, selbst Griechen und Römer waren auf mehrere Jahrtausende berechnet, weil deren Gesichtskreis durch höhere Bildung ein weiterer war." Welt als Wille und Vorstellung. II. S. 539. Vgl. ebendaselbst S. 178.

[4]) Vgl.: Welt als W. u. V. II. S. 705—718.

[5]) Siehe: Welt als W. u. V. I. §. 36. II. Cap. 31. Vgl.: Parerga. II. Cap. 3.

sophischer Absicht, genug Geschichte studirt [1]). In Wahrheit hat nur der Lebenslauf jedes Einzelnen Einheit, Zusammenhang und wahre Bedeutung, die Völker und ihr Leben sind blosse Abstractionen [2]). Der Staat ist das Mittel, wodurch der mit Vernunft ausgerüstete Egoismus seinen eigenen, sich gegen ihn selbst wendenden Folgen zu entgehen sucht, eine Schutzanstalt, die das *bellum omnium contra omnes* verhüten und dadurch das Zusammenleben Aller ermöglichen soll [3]). So lauten die historischen und politischen Ansichten Sch.'s, die sich unter dem Geiste des Weltschmerzes und der Romantik herangebildet haben. Wir werden auf diesen Gegenstand noch einmal zurückkommen müssen, weil sein tieferer Grund in der eigenthümlich individualistischen Anschauungsweise Sch.'s zu suchen ist.

Wenn wir nun die Perioden vergleichen, in welchen beide Männer lebten und dachten, so müssen wir sagen, dass keine Zeit mehr die Voraussetzungen für einen Optimisten besass, als das Ende des siebzehnten Jahrhunderts, keine Epoche geeigneter war, einen Pessimisten hervorzubringen, als der Anfang unseres Säculums. Wenn ein von Natur zu einer bestimmten Anschauungsweise disponirter Charakter in einer Periode auftritt, die seinem natürlichen Denken und Fühlen Vorschub leistet, so ist es nothwendig, dass beide Momente, zusammenwirkend, diese Denkungsart in höchster Potenz ausbilden. Sie sind die Hauptfactoren, aus denen der Mensch seinem Inhalte und Werthe nach zusammengesetzt ist.

Wir werden daher jetzt die Persönlichkeit, das innere Wesen beider Männer zu erforschen versuchen, um zu sehen, in welchem Verhältnisse ihr Charakter zu den Ansichten stand, welche sie vertraten. Den Schlüssel hiezu bieten einerseits ihre äusseren Lebensverhältnisse, andererseits die Art und Weise ihres Auftretens, die Form und der Inhalt ihrer Gedanken. „Einen Autor lernt man auch als Menschen am leichtesten aus seinem Buche kennen" [4]). Der Charakter ist es, welcher jedem Individuum seinen spontanen Ausdruck ertheilt und den eigentlichen Unterschied der Menschen constituirt. Er gleicht der Klangfarbe, durch die sich die verschiedenen Instrumente auszeichnen. Es sind dieselben Töne, welche die Flöte und die Violine hervorbringen und doch

---

[1]) Siehe: Welt als W. u. V. II. S. 506.
[2]) Siehe ebendaselbst. II. S. 504. Parerga. I. S. 219.
[3]) Siehe ebend. I. S. 413. II. S. 680. Parerga. II. §. 124.
[4]) Siehe ebend. I. S. 292.

wird man die eine von der andern im Orchester unterscheiden
können. Der Charakter, das Innerste, das Ureigenste des Menschen
prägt sich deutlich aus in einer grossen Schöpfung, sei es ein
Kunstwerk, sei es ein philosophisches System. Hier gilt das
Fichte'sche Wort: „Welche Philosophie man wähle, hängt davon
ab, was für ein Mensch man ist, denn ein philosophisches System
ist nicht ein todter Hausrath, den man ablegen oder annehmen
könnte, wie es uns beliebt, sondern es ist beseelt durch die Seele
des Menschen, der es hat" [1]).

Betrachten wir nun zuerst die Individualität Leibnizens, so
tritt uns auf den ersten Blick die seltene Erscheinung eines all-
seitig begabten, alle Dinge in gleicher Weise genial erfassenden,
alle Wissenschaften mit Leichtigkeit durchwandernden und be-
reichernden Geistes entgegen. „Alle Geistesgaben, die gewöhn-
lich nur getheilt sich finden, vereinigen sich in ihm: die Eigenschaften des abstracten und praktischen Mathematikers, des
Poeten und des Philosophen, des speculativen und empirischen
Philosophen, des Historikers und Erfinders — ein Gedächtniss
das ihn der Mühe überhob, das, was er einmal aufgeschrieben,
je wieder nachzulesen, das mikroskopische Auge des Botanikers
und Anatomen, und der freie Ueberblick des generalisirenden
Systematikers, die Passivität und Receptivität des Gelehrten und
die Sprödigkeit und Kühnheit des autodidacten und selbststän-
digen, auf den Grund dringenden Forschers [2]." Durch seine
mannigfache Thätigkeit kommt er in Berührung mit den verschiedensten Menschen. Seine sociale Stellung führt ihn an die
Höfe von Churmainz, Hannover und Berlin, seine naturwissen-
schaftlichen und mathematischen Arbeiten bringen ihn mit den
grossen Forschern seiner Zeit in regen Verkehr, seine theologi-
schen Reform- und Vereinigungsversuche geben ihm Anlass, mit
den Verfechtern der verschiedensten Richtung persönlich oder
schriftlich in Verbindung zu treten, ein Prinz Eugen regt ihn zu
seiner Monadologie, eine Königin Sophie Charlotte zu seiner
Theodicee an. Alle Gebiete des Wissens waren ihm erschlossen,
alle Stufen menschlicher Rangordnung, vom Bettler auf der
Strasse, bis zum Fürsten auf dem Throne waren ihm bekannt.

---

[1]) J. G. Fichte. Erste Einleitung in die Wissenschaftslehre, Nr. 5.
Werke I. S. 434.

[2]) Ludwig Feuerbach, Darstellung, Entwickelung und Kritik der L.'schen
Philosophie. Werke Bd. V. S. 21.

Nichts ist seinem Geiste fern geblieben, er interessirte sich ebenso
für die Geheimlehre der Juden [1]), wie für die Philosophie der
Chinesen. Mit universalem Blicke überschaute er Alles, über
dem Grossen vergass er nicht das Kleine, ja machte es zu einem
Fundamente seiner Philosophie. Er repräsentirte im wahrsten
Sinne des Wortes einen Mikrokosmos, indem alle Richtungen
seiner Zeit, alle ihre Bestrebungen auf wissenschaftlichem, reli-
giösem und politischem Gebiete in ihm sich wiederspiegelten und
harmonisch vereinigt waren. Er wusste seinem Geist die dis-
paratesten Dinge zu assimiliren und sie immer mit objectiver
Ruhe zu betrachten. Er verstand nicht nur seine Zeit, sondern
sein historischer Blick liess ihn auch klar in die Zukunft
schauen. Er sagt, wie schon erwähnt, die Revolution voraus,
entwirft den Plan einer französischen Expedition nach Egypten [2]),
die hundert Jahre später von Napoleon ausgeführt wird und
prophezeiht dem deutschen Vaterlande den einzigen Weg zur
Rettung aus der Bedrängniss [3]). Die Geschichte ist ihm kein Con-
glomerat zufälliger Thatsachen, auch hier findet er das grosse
Gesetz der Entwickelung und des Fortschrittes bethätigt. Er ist
der Erste, welcher in den Speculationen der verschiedenen Völker und Zeiten eine aufsteigende Reihe entdeckt hat [4]). Die rastlose Thätigkeit, die ihn erfüllt und einen der Grundzüge seines
Lebens bildet, sie spiegelt sich wieder in seiner Philosophie, die
nichts Todtes und absolut Ruhendes kennt, sondern alles in
ewiger, unvergänglicher, harmonischer Thätigkeit begriffen sieht [5]).
Ein Geist wie der seine, der Alles umfasst und Alles begreift,
wird Jedem seine richtige Stelle anweisen, auch das Schlechte
nothwendig finden und aus der anscheinend verwerflichen Hülle

---

[1]) Siehe: *A. Foucher de Careil, L. la philosophie juive et la cabbale.
Paris 1861.*

[2]) Siehe: Guhrauer I. S. 92 ff.

[3]) „Teutschland wird nicht aufhören, seines und fremden Blutvergiessens
Materie zu sein, bis es aufgewacht, sich gesammelt, sich vereinigt — und allen
Freiern die Hoffnung, es zu gewinnen, abgeschnitten“. Guhrauer I. 85. 86.
Ueber die Deutschheit L.'s, siehe Guhrauer II. 141. 42.

[4]) Siehe: *Lettre III. à Mr. Remont de Montmort. Erdmann pag. 704.*

[5]) „*Je ne connois pas ces masses vaines, inutiles et dans l'inaction, dont on
parle. Il y a de l'action par tout.*“ *Eclaircissement du Nouveau Système. Erdmann. pag. 132.* „*Ainsi il n'y a rien d' inculte, de sterile, de mort dans l'univers, point de Chaos, point de confusions qu'en apparence*“. *Monad. 69. Erdm.
pag. 710.*

das verborgene Körnchen Wahrheit herauszuschälen wissen. Er verwirft keine Meinung vollständig, beurtheilt Alles, verurtheilt Nichts. So erzählt er selber: *Nemo est ingenio minus quam ego censorio. Mirum dictu, probo pleraque quae lego. Mihi enim gnaro, quam varie res accipiantur, plerumque inter legendum occurrunt, quae scriptores excusant aut defendunt. Ita rara sunt, quae mihi legenti displiceant, etsi alia plus aliis placeant* [1]). Wenn zwei Ansichten sich feindlich gegenüberstehen, so sucht er sie zu versöhnen und zu vereinigen, und die Missklänge überall zur Harmonie zu leiten. Alle Widersprüche, alle Gegensätze sind ihm aufgehoben. Sein wissenschaftliches und praktisches Wirken besteht hauptsächlich in Versuchen, zwiespältige Doctrinen zu einen und die Kluft, welche religiöse und politische Parteien trennt, auszufüllen. Er will versöhnen den Plato und Aristoteles, die teleologische und mechanische Weltanschauung, Natur und Schöpfung, die protestantische und katholische, die evangelische und reformirte Kirche, in Deutschland Kaisermacht und Landeshoheit, in England Tories und Whigs [2]). „So bildet das Streben nach Vermittlung der Gegensätze und nach Universalität im höchsten Sinne den hervorspringenden Zug in dem Charakter unseres Philosophen. Er begreift die grössten Verhältnisse und bewegt sich in den weitesten Gesichtskreisen. Die Harmonie der Weltordnung, dieser innerste Gedanke seines Systems und seines Lebens, war ihm stets gegenwärtig; er wusste, dass die peinlichen Widersprüche, die uns im Augenblicke beunruhigen, Nichts sind als vorübergehende Misstöne, welche den grossen Einklang der Dinge nicht stören. Seine Weltanschauung war dem Geiste des Humors verwandt, denn sie war glücklich und eine glückliche Ruhe bildete den Grundton seiner Gemüthsstimmung" [3]). Im Verkehr mit den Menschen war er liebenswürdig, gegen Niederstehende milde und vergebend. „Er sprach von Jedermann Gutes, kehrte Alles zum Besten und schonte auch sogar seine Feinde, denen er sonst bei gnädigster Herrschaft eins versetzen können," erzählt sein Secretär Eckhardt von ihm [4]). Die Natur hatte ihm die seltene Gabe verliehen, sich an dem Glücke An-

---

[1]) Siehe: Feuerbach. S. 26, 27.
[2]) Ueber letzteren Punkt siehe Guhrauer II. S. 305 ff.
[3]) Kuno Fischer. Geschichte der neueren Philosophie. Bd. II. G. W. Leibniz und seine Schule. Mannheim 1855. S. 10. 22.
[4]) Siehe Guhrauer II 337.

derer freuen zu können und dasselbe als sein eigenes zu betrachten. Vielleicht nirgends tritt der Gegensatz zu Schopenhauer schärfer hervor, als bei der Definition, die er von der Liebe giebt: „*Amare sive diligere est felicitate alterius delectari, vel, quod eodem redit, felicitatem alienam asciscere in suam*" [1]. Für Sch. ist alle Liebe nur Mitleid, nur das Mitfühlen des fremden Wehs und der fremden Schmerzen.

Es scheint überhaupt, als hätte die Natur ein vollkommenes Gegenstück zu der mit klarem Blicke die ganze Welt überschauenden, durch und durch harmonischen Persönlichkeit L.'s schaffen wollen und deshalb einen Sch. hervorgebracht. Dort höchste Objectivität, hier höchster Subjectivismus, dort nur Harmonie, hier nur schrille Misstöne, dort nur Menschenliebe und Freude am Handeln und Schaffen, hier Weltverachtung, Quietismus und Abwendung von der sinnlichen Erscheinung.

Schon frühe entwickelte sich bei Sch. der düstere Grundton seines Gemüthes, die Anlage, alle Dinge von ihrer schlechtesten Seite zu betrachten. Nach einer unstäten, auf weiten Reisen zugebrachten Kindheit, wird er von seinem Vater gezwungen, sich dem Kaufmannsstande zu widmen, während seine jugendliche Seele von Liebe und Sehnsucht nach der Wissenschaft erglüht. Der Tod des Vaters giebt ihm endlich Gelegenheit, der unbezwingbaren Neigung seines Geistes zu folgen. Aber schon ist er tief verbittert. „Dein leidiges Disputiren, deine Lamentationen über die dumme Welt und das menschliche Elend machen mir schlechte Nacht und üble Träume," schreibt Johanna Sch. an ihren noch nicht zwanzigjährigen Sohn, als er nach Weimar kommt [2]. Sein eigenthümliches, schroffes Wesen ist nicht danach angethan, ihm viele Freunde zu erwerben. Bei ihm „hatte die Natur ein Uebriges gethan, sein Herz zu isoliren, indem sie es mit Argwohn, Reizbarkeit, Heftigkeit und Stolz in einem mit der *mens aequa* des Philosophen fast unvereinbaren Masse bedrohte" [3]. Dazu kam noch „jene von ihm selbst verwünschte und zeitlebens mit dem ganzen Aufwande seiner Willenskraft bekämpfte, an Manie grenzende Angst, die ihn zuweilen bei den geringfügigsten Anlässen

---

[1] *De notionibus juris et justitiae. Erdmann. pag. 118. Definitiones ethicae pag. 670.*

[2] Siehe: Gwinner S. 27.

[3] Ib. S. 111.

mit solcher Gewalt überfiel, dass er blos mögliches, ja kaum denkbares Unglück leibhaftig vor sich sah. Eine fruchtbare Phantasie steigerte diese Anlage manchmal ins Unglaubliche" [1]. Sein Biograph erzählt viele Beispiele dieser übertriebenen Furcht, welche sich schon in früher Kindheit zeigte, so z. B, dass er in beständiger Angst vor Vergiftung und Dieben lebte, neben sein Bett immer geladene Pistolen legte u. s. w. Diese Angst hat ihn auch da nicht verlassen, wo er in der heftigsten und rücksichtslosesten Weise anzugreifen scheint, wie z. B. in seiner Polemik gegen die Philosophieprofessoren, welche ihn einen Injurienprocess fürchten lässt [2]. Daher ist es zu erklären, wenn er am Ende seines Lebens klagt, er habe sich immer schrecklich einsam gefühlt und stets aus tiefster Brust geseufzt: „Jetzt gieb mir einen Menschen" [3]. Desshalb behauptet er, dass das Leben unausgesetzt von Sorge, Angst und Noth umgeben ist und dass es keinen Menschen giebt, der in der Gegenwart glücklich ist, er sei denn betrunken [4]. Die Nichtbeachtung seiner Philosophie von Seiten der Gelehrten und des Publicums hatte ihn vollends verstimmt und vergrämelt. So war er durch seine Anlagen und seine Schicksale abgesondert von den übrigen Menschen und auf sich selbst zurückgewiesen, so musste ihm sein Subject als das höchste erscheinen, so kam er dazu, persönliche Erfahrungen zu generalisiren und als objective Ergebnisse hinzustellen. Subjectivismus ist der Grundcharakter seines Systems, das Individuum repräsentirt nach ihm die ganze Welt, den Mikrokosmos und Makrokosmos zugleich. Daher seine Unfähigkeit, eine historische Erscheinung zu begreifen, sich in eine andere Individualität hineinzudenken. Dem Lebenslaufe des Einzelnen wird grössere Bedeutung zugeschrieben, als den Schicksalen der Völker, welche ja reine Abstractionen sind, während in Wahrheit nur der Einzelne existirt [5]. Die Geschichte bringt uns nur die Nichtigkeit und Vergeblichkeit des menschlichen Strebens vor Augen [6].

---

[1] Gwinner S. 112.

[2] Siehe Lindner und Frauenstaedt. S. 163.

[3] Siehe Gwinner. S. 133.

[4] Siehe Parerga. II. 311. Deshalb hält er Neid, Bosheit und Niederträchtigkeit für die Grundzüge der menschlichen Natur, deshalb ist nach ihm der Mensch *l'animal méchant par excellence*. Vgl. Parerga. II. Cap. VIII. Zur Ethik. S. 215. ff.

[5] Siehe oben S.

[6] Welt als W. u. V. 453, 455.

Daher keine Spur von Patriotismus bei ihm, er schämte sich ein
Deutscher zu sein [1]), und weist gar oft ostentativ auf die grossen
intellectuellen Vorzüge anderer Nationen, insbesondere der Bri-
ten hin. Die Welt wird nach Sch.'schen Kategorien beurtheilt
und was nicht in diese Kategorien hineinpasst, wird schonungslos
verworfen. Es ist unglaublich, wie weit er in dieser Hinsicht gegangen ist. Er führt einmal als Zweifelsgrund gegen die Geniali-
tät des Sokrates an, dass dieser nach Lukianos einen dicken
Bauch gehabt habe, was eben nicht zu den Abzeichen des Ge-
nies gehöre [2]) Weil er in Streit und Unfrieden mit seiner
Mutter lebte, wird der Stab über das ganze weibliche Geschlecht
gebrochen, dessen Charakter er in seiner Zurückgezogenheit gar
nicht gründlich studiren konnte. Während sonst seine Apperçus
über die Menschen höchst geistreich und treffend sind, tragen
seine Aussprüche über die Frauen oft ein ganz bizarres und
läppisches Gepräge. So sagt er z. B., dass, während Orestes als
Rächer des Vaters gegen die Mutter Bewunderung und Mitleid
errege, der umgekehrte Fall zugleich empörend und lächerlich
sein würde [3]). Aus seinem Subjectivismus sind die schonungs-
losen Urtheile zu erklären, die er über Alles gefällt hat, was
mit seinen Ansichten nicht vollkommen harmonirte. Insbesondere
seine Briefe enthalten unzählige Stellen, wo er ganz tüchtig und
fleissig gearbeitete Werke mit einer kurzen Bemerkung zu den
Todten wirft. Die Berserkerwuth, mit welcher er die gesammte
nachkantische Philosophie angriff, ist hinreichend bekannt. Wenn
er es auch theoretisch aussprach, dass die Spuren der Wahrheit
in allen, selbst den absurdesten Dogmen zu finden seien, er
selbst hat es nie unternommen, diese Spuren zu suchen. So über-
aus fein und genial die meisten seiner ästhetischen Bemerkungen
sind, so trägt er doch oft in Kunstwerke Gedanken hinein, die
nie in den Intentionen des Schöpfers lagen [4]). Unter den
Künsten wird diejenige am höchsten gestellt, welche uns am
meisten von der Aussenwelt entfernt, und in uns selbst zurück-
führt, die Musik. Hier gesteht er selbst die Unmöglichkeit ein,
seine Ansichten objectiv beweisen zu können, wonach die Musik
das Abbild des Willens selbst ist, und man die Welt eben so

---

[1]) Siehe Gwinner S. 204.
[2]) Parerga I. S. 45.
[3]) Welt als W. u. V. II. S. 587. 98.
[4]) Vgl. z. B. das Urtheil über die *divina commedia*. Parerga II. §. 233.

gut verkörperte Musik, als verkörperten Willen nennen könnte, daher die anderen Künste nur vom Schatten reden, sie aber vom Wesen. (Die Analogie zwischen der Natur und der Musik wird vollständig durchgeführt [1]). Der Subjectivismus tritt ferner hervor in seiner ästhetischen Betrachtungsweise der Natur, die ihm nur möglich ist unter der Bedingung, dass der willensfreie Intellect sich gänzlich in seinen Gegenstand versenkt. „Wer sich in die Anschauung der Natur so weit vertieft und verloren hat, dass er nur noch als rein erkennendes Subject da ist, wird eben dadurch unmittelbar inne, dass er die Bedingung, also der Träger der Welt und alles objectiven Daseins ist, da dieses nunmehr als von dem seinigen abhängig sich darstellt. Er zieht also die Natur in sich hinein, so dass er sie nur noch als Accidenz seines Wesens empfindet" [2]. Sein Subjectivismus endlich ist es, der in Verbindung mit dem früher erwähnten Geniebewusstsein jene masslose Selbstüberhebung hervorbringt, welche uns in seinen Schriften und Briefen in so widerwärtiger Weise entgegentritt. „Man wird einst erkennen, dass die Behandlung desselben Gegenstandes von irgend einem früheren Philosophen gegen die meinige gehalten, flach erscheint," ruft er stolz in den Bemerkungen über seine eigene Philosophie aus [3]. „Wohl kaum ist ein philosophisches System so einfach und aus so wenigen Elementen zusammengesetzt, wie das meinige, daher sich dasselbe mit einem Blick leicht überschauen und zusammenfassen lässt. Dies beruht zuletzt auf der völligen Einheit und Uebereinstimmung seiner Grundgedanken" [4]. Jeder, der eine grosse Wahrheit gefunden zu haben glaubt, muss sie mit der ganzen Macht seiner Ueberzeugung vertreten, insbesondere der Philosoph, wenn er das Welträthsel gelöst zu haben meint. So stellten Aristoteles [5] und Hegel ihre Philosophie als die letzte und höchste hin, aber Niemand hat mit solcher Ueberlegenheit auf die übrigen Denker herabzublicken gewagt, wie Sch. Auf-

---

[1] Siehe Welt als W. u. V. I. §. 52. II. Cap. 39.

[2] Siehe ebendaselbst S. 213.

[3] Parerga I. S. 143.

[4] Parerga I. S. 141. Vgl. Wille in der Natur, 3. Auflage, Leipzig 1867. S. 142.

[5] Siehe Cicero Tusc. III. 28. 69. Zeller zweifelt übrigens an der Beweiskraft dieser Stelle. Vgl. die Philosophie der Griechen, Theil II., 2. Abtheilung, 2. Aufl. S. 39.

ihn kann man sein eigenes Wort über die Folgen des Bewusstseins geistiger Vorzüge anwenden, das gewiss innerer Erfahrung seine Entstehung verdankt. „Uebermüthige, triumphirende Eitelkeit, stolzes, höhnisches Herabsehen auf Andere, wonnevoller Kitzel des Bewusstseyns entschiedener und bedeutender Ueberlegenheit, dem Stolz auf körperliche Vorzüge verwandt, ist hier das Ergebniss" [1]).

Als zweiten Grundzug des Wesens Sch.'s können wir die tiefe Disharmonie bezeichnen, die ihn durchzieht und die er in allen Dingen erblickt. . Wir haben schon oben erwähnt, dass er es für unmöglich hält, dass der Mensch innere Eintracht mit sich selbst erlangen könne. Ueberall schaut er Kampf und Streit, schon auf der niedersten Stufe der Objectivation des Willens ist die Centripetalkraft mit der Centrifugalkraft im Widerstreit und dieser Hader wird immer heftiger, je weiter wir in der Reihe der Naturwesen hinaufsteigen. Er kennt nur die Thesis und Antithesis, nicht die Synthesis. Darum sympathisirt er mit der Schelling'schen Lehre von der Polarität, mit der Empedoklëischen vom νεῖκος, mit der Hobbesischen vom *bellum omnium contra omnes* [2]). Die Harmonie, welche scheinbar in der Natur liegt, geht nur so weit, dass sie den Bestand der Welt und ihrer Wesen möglich macht, welche daher ohne sie längst untergegangen wären [3]), ist also nur die Bedingung für all das Elend und den Jammer, welcher auf dieser Erde vor sich geht. Die Dissonanzen seines Wesens finden sich auch in seinen Philosophemen wieder, welche nur in einem so eigenthümlich gearteten Individuum zu einem vorübergehenden Einklang vereint sein konnten. Auf diese Widersprüche in den Grundlagen seines Systems haben wir schon früher hingewiesen und werden später darauf eingehender zurückkommen. Das Widerspruchsvolle in seiner Natur hatte schon Herbart erkannt, der treffend bemerkt: „Er ist an Widersprüche gewöhnt, er findet sie piquant, genialisch, erhaben, heilig und göttlich; und wer ihn *ad absurdum* führt, der sagt ihm eine Artigkeit, die er übel zu nehmen ganz unmöglich findet; während die Absicht, ihn dadurch auf andere Gedanken zu bringen, in seinen Augen rein lächerlich ist" [4]).

---

[1]) Welt als W. u. V. II. S. 263.

[2]) Welt als W. u. V. I., S. 171, 175, 393.

[3]) Welt als W. u. V. I., S. 192.

[4]) Herbart, sämmtl. Werke herausgeg. v. Hartenstein. Bd. XII. S. 388.

Menschenhass, Subjectivismus, innere Disharmonie, diese
drei Momente müssen ein Individuum zum Pessimismus präde-
stiniren. Wem die Menschen kalt und feindlich gegenüberstehen,
der kann unter ihnen und bei ihnen Glück und Freude nicht
finden. Wer in seinem Subjecte die ganze Welt sieht, der wird
leicht verleitet, seine persönlichen Stimmungen und Schmerzen
auf die Dinge zu übertragen und in deren Wesen begründet zu
glauben. Wer Hass und Streit selbst in der fühllosen Natur erblickt, Kampf und Krieg als das Grundelement des Daseins an-
sieht, der kann unmöglich eine allwaltende, Alles hervorbringende
und durchdringende Vernunft in der Welt erkennen, sondern
diese wird ihm die zufällige Ausgeburt einer blinden, dunkeln
Macht sein, die an kein Gesetz gebunden ist.

So haben wir die Weltanschauungen L.'s und Sch.'s begründet gefunden in der geistigen Strömung ihrer Zeiten und in dem
inneren Wesen ihrer Charaktere. Wir kommen jetzt zu dem
letzten und wichtigsten Theile unserer Untersuchung, zu der
Frage, wie weit die praktischen Resultate der Philosophie beider
Männer mit den Principien der Systeme übereinstimmen, in wie
fern Optimismus und Pesimismus aus den Grundsätzen folgen,
auf welche einerseits die *Nouveaux Essais,* die Monadologie und
die Theodicee, andrerseits die Welt als Wille und Vorstellung
aufgebaut ist. Wir haben die historischen und psychologischen
Bedingungen beider Ansichten zu erforschen versucht, wir
wollen es jetzt unternehmen, ihre philosophische Ursache dar-
zulegen.

„Man hatte seit den ältesten Zeiten den Menschen als
Mikroskosmos angesprochen. Ich habe den Satz umgekehrt und
die Welt als Makranthropos nachgewiesen; sofern Wille und
Vorstellung ihr, wie sein Wesen erschöpft" [1]. In diesen Worten
ist der ganze Unterschied der philosophischen Denkungsart Sch.'s
und L.'s ausgeprägt. L. sieht in dem Einzelnen, in der Monade
das Ganze, den Kosmos abgespiegelt in seinem geringsten Theile.
Ein göttlicher Verstand könnte auch in der unbedeutendsten

---

[1] Welt als W. u. V. II., S. 736. „Jedes Individuum ist also in Wahrheit und findet sich als den ganzen Willen zum Leben, oder das Ansich der
Welt selbst und auch als die ergänzende Bedingung der Welt als Vorstellung,
folglich als einen Mikrokosmos, der dem Makrokosmos gleich zu
schätzen ist". Ib. I. S. 391. 392.

Substanz die ganze Reihe der Dinge lesen [1]). Wie eine und dieselbe Stadt, von verschiedenen Punkten betrachtet, verschiedene Ansichten giebt, so erscheint in jedem Individuum das Universum anders, aber es ist überall dasselbe Weltall, welches vorgestellt wird [2]). Nach Sch. ist es gerade umgekehrt. Der Kosmos ist hier nur ein grosses leidendes Individuum, da das Individuum leiden muss, aber auch nur dieses. Im Ganzen aber verschwindet das Böse und sinkt zu einem Momente des Guten herab, was dem Individuum schlecht dünkt, kann die besten Folgen für die Gesammtheit haben. So erscheint das Uebel in der Auffassung L.'s: *„Les ombres re haussent les couleurs; et même une dissonance placée où il faut, donne du relief à l'harmonie* [3]). Das schändliche Verbrechen des Sextus Tarquinius bringt die Freiheit Roms, die Entwickelung eines grossen Staates und aller menschlichen Tugenden hervor [4]).

Nur der kann das ganze Universum verdammen, wer die Schranken des Individuums durchbrechen und sein Ich zum Absoluten erheben will, nur wer im Faustischen Drange die Unterordnung unter das Ganze nicht kennt, wer aus der Mangelhaftigkeit des Einzelnen die Unvollkommenheit der Gesammtheit deducirt, nur der wird diese Welt für die schlechteste aller möglichen halten. „Wenn wir die Klagen der Reihe nach durchgehen, welche Sch. über das menschliche Leben zu führen hat, werden wir finden, dass darin allenthalben der egoistische Wille klagt, oft genug darüber, dass er nicht absoluter ist" [5]). Universalismus und Individualismus, das sind die beiden Denkungsarten, welche die Vorbedingungen des Optimismus und Pessimismus sind. Je universalistischer eine Philosophie, je mehr sie das Einzelne nur im Zusammenhange und als Theil des Ganzen auffasst, desto weniger wird sie geneigt sein, über das Uebel und das Böse Klagen anzustimmen. Sehr richtig hat Sch. erkannt, dass jeder Pantheismus nothwendig Optimismus ist, weil mit dem Auf-

---

[1]) *„Dans la moindre des substances des yeux aussi perçans que ceux de Dieu dourroient lire toute la suite des choses de l'Univers. Nouv. Essais. Avant — propos. Erdm. pag. 197.*

[2]) *Monadologie 57. Erdm. pag. 709.*

[3]) *Théodicée. Part. I. 12. Erdm. pag. 707.*

[4]) Vgl. *Théodicée Part. III. 409—417. Erdm. pag. 621—624.*

[5]) Rud. Seydel, Sch.'s philosophisches System dargestellt und beurtheilt. Leipzig 1857. S. 106.

gehen des Individuums in der Gottheit, wie bei Spinoza, die Leiden des Einzelnen und damit alle Leiden überhaupt verschwinden müssen. Universalistisch dachten alle grosse Philosophen der alten und neuen Zeit, Plato wie Aristoteles, Spinoza und Leibniz wie Kant und Hegel. Individualismus, aus der Wurzel des Subjectivismus entspringend, deutet überhaupt auf einen Mangel wahrer philosophischer Denkungsart hin. Wenn man Sch.'s System kritisch betrachtet, so wird man finden, dass Realismus und Nominalismus in demselben in unversöhnlichem Widerstreite liegen. Die Grunddogmen seiner Philosophie würden consequent durchgeführt zum Universalismus und damit zum Optimismus führen. Aber die subjective Richtung seines Charakters lässt ihn nicht dazu kommen, diese Consequenzen zu ziehen und die Widersprüche zu versöhnen. Das Fundament, auf welches Sch. seine Metaphysik aufbaut, ist die Lehre vom all-einen Willen, welcher das wahre Ansich der Welt bildet. Diese ist nur die in Raum und Zeit getretene Erscheinung des Willens, vergänglich und nichtig, wie unser Intellect, der sie eigentlich hervorbringt, sie ist nur ein täuschender Schein, den uns die Maja, die Göttin des Truges, gleissnerisch vorspiegelt. Der Wille selbst wird nicht rein erkannt, sondern unter der Form der Zeit, welche die leichteste Hülle ist, die uns vom Ding an sich trennt [1]). Trotzdem er also zugiebt, dass uns eine adäquate Erkenntniss des Absoluten nicht zukommt, sagt er ohne weiters Eigenschaften vom Ding an sich aus, die blos der Erscheinungswelt angehören. Er vergisst dabei stets, dass „ein so grossen Beschränkungen unterliegendes Bewusstsein zur Ergründung des Räthsels der Welt wenig geeignet ist und ein solches Bestreben Wesen höherer Art, deren Intellect nicht die Zeit zur Form und deren Denken daher wahre Ganzheit und Einheit hätte, seltsam und erbärmlich erscheinen müsste" [2]). Seine Beweise, dass der Wille mit sich selbst im Streite liegt, die Zähne in sein eigenes Fleisch schlägt, welches er hungrig verzehrt, sind natürlich alle der Erscheinungswelt entnommen, und die Willkürlichkeit seiner Behauptungen tritt hier am hellsten zu Tage. So wird, wie schon erwähnt, das Leiden der unorganischen Natur daraus deducirt,

---

[1]) Welt als W. u. V. I. S. 121. Parerga II. S. 99. 100. Welt als W. u. V. II. 220—222.

[2]) Welt als W. u. V. II. S. 152.

dass die verschiedenen Naturkräfte sich die Herrschaft über die Materie streitig zu machen suchen. Auf den höheren Stufen der Objectivation des Willens wird das Leiden immer stärker empfunden, am stärksten im Menschen, wo es vom Lichte des Intellectes erhellt wird. Das Wesen des Willens besteht in ununterbrochenem Streben, das sich im Menschen als steter Wunsch äussert. „Der Wunsch ist seiner Natur nach, Schmerz: die Erreichung gebiert schnell Sättigung: das Ziel war nur scheinbar: der Besitz nimmt den Reiz weg: unter einer neuen Gestalt stellt sich der Wunsch, das Bedürfniss wieder ein: wo nicht, so folgt Oede, Leere, Langeweile, gegen welche der Kampf ebenso quälend ist, wie gegen die Noth" [1]). Er will den verstocktesten Optimisten durch die Krankenhospitäler, Lazarethe, Gefängnisse, Folterkammern und Sclavenställe, über Schlachtfelder und Gerichtsstätten führen, dann alle finsteren Behausungen des Elends, wo es sich vor den Blicken kalter Neugier verkriecht, ihm öffnen und zum Schlusse ihn in den Hungerthurm des Ugolino blicken lassen, damit er zuletzt einsähe, welcher Art dieser *meilleur des mondes possibles* ist [2]). Aber der verstockte Optimist antwortet ihm darauf: *„Il y a incomparablement plus de maisons que des prisons"* [3]). Wohin das Auge Sch.'s blickt, schaut es nur das Elend, welches die Erscheinungswelt beherrscht, es ist nur für das Dunkle organisirt und kann die hellen Strahlen nicht vertragen. Das Leiden, Ringen und Kämpfen, in dem sich alles Seiende befindet, wird ohneweiters dem Willen als Ding an sich inhärent erklärt und dieser dadurch zu einem sich in sich selbst widersprechenden und daher sich aufhebenden Principe. Erlösung aus der ewigen, endlosen Qual ist nach Sch. nur dadurch möglich, dass der Wille sich selbst verneint, indem er die Nichtigkeit seines Daseins erkennt und diese Erkenntniss ihm zum Quietiv wird. In der wunderlichen Lehre von der Verneinung des Willens zum Leben zeigt sich am klarsten, wie wenig Sch. sich mit dem Fundamentaldogma seiner Philosophie in Uebereinstimmung befindet. Denn der Wille ist ein durch und durch universalistisches Princip, es ist der πανθεός, dem der Intellect entzogen sein soll. Aber die individualistische Denkungsweise Sch.'s

---

[1]) Welt als W. u. V. I. S. 370.

[2]) Ebendaselbst I. S. 383.

[3]) *Théodicée Part. II. 148. Erdm. pag. 548.*

konnte sich in ethischer Hinsicht mit diesem Principe nicht zu- rechtfinden und er negirt es selber, indem er dem Individuum die Möglichkeit der Erlösung giebt. Er bedenkt nicht, da der Wille als Ding an sich nur einer, da er in jedem Individuum ganz und vollständig vorhanden ist, da durch die Verneinung des Willens nicht die Erscheinung, sondern das Wesen [1] getroffen wird, dass durch die Selbstverneinung eines einzigen Indivi- duums auch zugleich die ganze Welt verschwinden müsste. „Man könnte behaupten, dass, wenn *per impossibile*, ein einziges Wesen, und wäre es das geringste, gänzlich vernichtet würde, mit ihm die ganze Welt untergehen müsste" [2]. Er erklärt es also einerseits für unmöglich, dass ein Wesen vollständig auf- gehoben werden könne und preist andererseits die Selbstauf- hebung als das einzige Mittel, den schrecklichen Folgen der Be- jahung des Willens zum Leben zu entfliehen, da nach seiner mystischen Doctrin der Tod allein keine Erlösung bieten kann, sondern dieser nur die grosse Zurechtweisung ist, welche der Wille zum Leben erhält [3], nur eine Frage bedeutet, welche die Natur an uns richtet, ob wir endlich genug haben [4]), und man sich freuen sollte, wenn man stirbt, über die neue und bessere Individualität, die man jetzt, nach erhaltener Belehrung, annehmen wird [5]. Wie dies Alles möglich ist, wenn eine Continuität des Bewusstseins nicht stattfindet, ist völlig unklar und unverständlich. Da mit dem Tode der Intellect und mit ihm die Erinnerung vollkommen erlischt, da die kurze Spanne seines Daseins ver- schwindet gegen die ewige Existenz des Willens, so ist ja Alles, was der mit Intellect ausgerüstete Wille erduldet so gut, als wäre es gar nicht, so sind es nur schnell vorübergehende, unzusammen- hängende Momente, in denen er leidet. Das Leiden, dessen deut- liche Erkenntniss durch den Intellect bedingt ist, sinkt zu etwas Unbedeutendem herab, welches der Philosoph, dessen Blicke nur an dem Wesen und nicht an der flüchtigen Erscheinung haften, gar nicht beachten sollte. Manchmal kommt diese Gleichgiltigkeit

---

[1] Siehe: Welt als W. u. V. I. S. 452. Es ist hier zu bemerken, dass Sch. die Ausdrücke Wille und Wille zum Leben als vollständig identisch ge- braucht.

[2] Welt als W. u. V. I. S. 153.

[3] Ebendaselbst II. S. 579.

[4] Ebendaselbst II. S. 697.

[5] Parerga II. S 301.

gegen alles Individuelle, welche die nothwendige Folge des allfeinen, den Intellect und damit die Welt der Vorstellung schaffenden Willens wäre, deutlich zum Vorschein. „Jedes Individuum, jedes Menschengesicht und dessen Lebenslauf ist nur ein kurzer Traum des unendlichen Naturgeistes, des beharrlichen Willens zum Leben, ist nur ein flüchtiges Gebilde mehr, das er spielend hinzeichnet auf sein unendliches Blatt, Raum und Zeit, und eine gegen diese verschwindend kleine Weile bestehen lässt, dann auslöscht, neuen Platz zu machen" [1]). Aber diese Betrachtungen „des beharrlichen Naturgeistes", dessen vorübergehende Modificationen nur die Individuen sind, sie werden verdunkelt durch die ewig wiederkehrende Klage über den endlosen Jammer, der den Inhalt des Lebenslaufes der meisten Menschen bildet. Es ist Sch. nicht vergönnt gewesen, wie Spinoza „als Einzelner zu verschwinden, um sich im Grenzenlosen zu finden, wo aller Ueberdruss sich löst". Der Subjectivismus seines Charakters lag eben in ewigem Streite mit dem Universalismus seines Hauptdogma's.

Womöglich noch schärfer tritt dies hervor bei dem zweiten Fundamente der Sch.'schen Philosophie, bei der Lehre von den Ideen, auf welcher hauptsächlich die Ansichten über die Gattung und die Aesthetik beruhen. Die Ideen sind die unmittelbaren Objectivationen des Willens, frei von den Formen des Raumes und der Zeit. Sie repräsentiren das wahre Wesen der Gattungen, welche nur die in Raum und Zeit auseinandergezogene Erscheinung der Ideen bilden. Die Erkenntniss der Ideen ist nur dem Intellect möglich, der sich vom Dienste des Willens, wozu er eigentlich geschaffen ist, befreit hat, also vor allem dem Genius. In ihrer Betrachtung schweigen daher alle Wünsche und alle Drangsale des Lebens verschwinden, wenn man sich in sie versenkt hat. Darin besteht der ästhetische Genuss, der einzige, der wahren Werth und Bedeutung hat, aber nur in der seltenen Stimmung vollkommen geistiger Ruhe möglich ist und deshalb uns bloss kurze Ruhepunkte in den Mühsalen und Bedrängnissen des Lebens gewährt, aus welchen erwachend, das trostlose Elend unserer Lage uns nur um so schmerzlicher erscheinen muss. Schon früher haben wir auf den Widerspruch der Vielheit der Ideen mit dem *principium individuationis* hingewiesen, aber abgesehen davon, erscheint es fast unbegreiflich, wie diese Doctrin mit einer pessi-

---

[1]) Welt als W. u. V. I. S. 379.

mistischen Weltanschauung vereinigt werden kann. Die Ideen sind es, welche das eigentliche Sein der Species ausmachen, in ihnen ist das innerste Wesen jedes Thieres und auch des Menschen, in ihnen wurzelt der sich so mächtig regende Wille zum Leben, nicht eigentlich im Individuo [1]). Die Idee lebt dahin in ewiger Jugend, Entstehung und Tod des Individuums berühren sie nicht, denn sie ist ewig und unvergänglich, sie ist das einzig wahrhaft Seiende, das ὄντως ὄν, wie sie Plato nennt, die Vielheit der Geschöpfe ist nur der Trug, den uns die Formen unseres Intellects vorgaukeln. Auch wir würden, wenn wir tief genug sähen, der Natur beistimmen, welche sagt: an Leben und Tod des Individuums ist gar nichts gelegen [2]). Also die Idee, das wahre Wesen, der innere Kern eines jeden Dinges, kennt kein Leiden und keine Vernichtung, wie bei Plato thront sie erhaben über allem Irdischen und das Wohl und Wehe der Erscheinungswelt, das Drängen und Treiben der einzelnen Geschöpfe sind ihr fremd. Ihre Betrachtung gewährt uns jene stille Glückseligkeit, in welcher das Bewusstsein unserer selbst und damit auch unseres Schmerzes und Jammers vollständig verschwindet. Wie, wenn jene reinen Formen, jene ewigen Urbilder der Dinge die unmittelbaren Objectivationen des einen, uns unbekannten, weil unerkennbaren Urwillens sind; wenn das Schlechte, das Mangelhafte, das Leiden bloss der flüchtigen Ercheinung anhaftet und in nichts verschwindet; wenn die Erscheinung den trügerischen Schleier der Maja, die Formen unserer Erkenntniss, abgeworfen hat; wenn nur der im *principio individuationis* und daher in der Selbstsucht befangene Mensch glauben kann, dass das wechselvolle Treiben, welches sich vor seinen Augen abspielt, wahren Inhalt und Werth besitze; wenn der Denker seinen Geist nur auf das οὔτε γιγνόμενον οὔτε ἀπολλύμενον, das ewig und wahrhaft Seiende, auf den Kern der Dinge, das Transcendente richten soll: wie konnte Sch. behaupten, dass nicht nur die ganze Sinnenwelt, sondern auch das, was ihr zu Grunde liegt, der Wille und damit die Ideen, nichtig und der Vernichtung würdig seien, dass das höchste Ziel, auf's innigste zu wünschen, das Aufgehen und Zerfliessen in das Nichts sei, dass dort allein dauernde Ruhe und ewiger Friede gefunden werden könne? Müsste er nicht viel-

---

1) Welt als W. u. V. II. S. 552.
2) Siehe ebendaselbst. II. S. 539, 540.

mehr zu dem Schlusse kommen, dass der Urwille, da schon seine unmittelbare, von Zeit und Raum befreite Objectivation das Leiden nicht kennt, ein Princip sein muss, dem die nur in der Vergänglichkeit und Beschränktheit des einzelnen Dinges begründete, trostlose Kette von Unglück und Elend vollkommen fremd ist, an der es daher keinen Antheil haben kann? Nach seinen beiden Grundlehren hätte Sch. das Recht, ein noch grösserer Optimist zu sein, als es L. gewesen ist. Denn bei diesem entspringt das Uebel aus der Materie, der Schranke der Monaden, welche die nothwendige Bedingung der Coexistenz derselben ist, es ist daher eben so nothwendig wie die Materie. Nach Sch. ist aber diese ganze Welt mit ihren Sonnen, Planeten und Monden, mit ihrer zahllosen Fülle lebender und leidender Wesen durchaus nichts Nothwendiges, sondern sie ist hervorgebracht durch die freie That des Urwillens, durch die absolute Willkür, und könnte eben so gut nie gewesen sein. Das Uebel ist daher eben so zufällig und eben so wenig real wie der ganze Kosmos.

Wir haben also in den Grundprincipien Sch.'s nichts gefunden, was, mit Consequenz durchgeführt, eine pessimistische Weltanschauung zur Folge haben könnte. Es ist einzig und allein der tief in seinem Charakter begründete und durch die Zeit, in der er auftrat, begünstigte Individualismus und Subjectivismus, der ihn hindert, die Dinge *sub specie aeternitatis* zu betrachten, der ihn antreibt, dem Absoluten die einzelne, vergängliche Erscheinung gegenüberzustellen und über deren Beschränktheit und Nichtigkeit in bittere Klagen auszubrechen. Seine Metaphysik steht in keiner Beziehung zum Pessimismus. In ihr haben wir vielmehr alle Anlagen zu einer ganz entgegengesetzten Ansicht gefunden. Das einzige Positive, was Sch. für seine Anschauung vorbringt, ist der Nachweis, dass es in der Sinnenwelt nur steten Kampf, niemals Frieden gebe. Aber er hebt dieses Argument dadurch wieder auf, dass er diese für etwas Unwesentliches, nur durch den vergänglichen Intellect Hervorgebrachtes erklärt, dass sie ihren wahren Inhalt blos im Willen und den Ideen besitze. Wir sehen, dass der Pessimismus bei seinem hervorragendsten Vertreter einer theoretischen Begründung nicht fähig ist, dass seine Wurzeln in der subjectiven Auffassung der Dinge, nicht in der objectiven Betrachtung der Welt sich befinden. Was von Sch. gilt, darf von Allen angenommen werden, die einer ähnlichen Ansicht huldigten und huldigen. Denn Niemand hat den

Pessimismus so nachdrücklich behauptet, ihn mit solcher Beharr-
lichkeit durchzuführen versucht, wie er. Wir können daher sagen,
dass es überhaupt unmöglich ist, den Pessimismus consequent aus-
zubilden, dass er zwar als praktische Welt- und Lebensansicht
möglich, jedoch philosophisch vollkommen unberechtigt ist. Wir
haben entdeckt, dass der grösste Pessimist von Principien aus-
gegangen ist, die ihn berechtigen, der grösste Optimist zu sein.
„Denn die Gewalt der Wahrheit ist unglaublich gross. Wir finden
ihre häufigen Spuren wieder in allen, selbst den bizarrsten, ja
absurdesten Dogmen verschiedener Zeiten und Länder zwar oft in
sonderbarer Gesellschaft, in wunderlicher Vermischung, aber doch
zu erkennen. Sie gleicht sodann einer Pflanze, welche unter einem
Haufen Steine keimt, aber dennoch zum Lichte heranklimmt, sich
durcharbeitend mit vielen Umwegen und Krümmungen, verunstaltet,
verblasst, verkümmert — aber dennoch zum Lichte" [1])!
Wenden wir uns nun zu L. und sehen wir zu, wie sich der
Optimismus aus den philosophischen Anschauungen des Verfassers
der Monadologie und Theodicee rechtfertigen lässt. Sein Grund-
princip, die Monade, ist, wie schon früher bemerkt, aus der In-
dividualisirung des Substanzbegriffes hervorgegangen. Aber er
weiss die Universalität seiner Denkungsart auch in dem Begriffe
der Monade zur Geltung zu bringen, indem er in jeder einen
Spiegel des Weltalls erblickt. Alles ist in der Monade vorgestellt,
wenn auch nur meistens auf verworrene Weise [2]). Sie ist ein
Mikrokosmos, ein *petit monde*, ein *univers concentré*. Ihr innerstes
Wesen besteht in der Kraft der Entwickelung und im Streben
nach immer höherer Vollendung. Sie ist in einem ewigen Pro-
cesse begriffen und kann durch Niemand vernichtet werden als
durch Gott allein. Die Materie ist blos die Vorstellung ihrer
Schranke, die sie von den übrigen Monaden trennt, aber eine
nothwendige Vorstellung, sie ist das L.'sche *principium individua-*
*tionis*, ohne welches die zahllose Fülle der Monaden und daher
die Weltordnung gar nicht zu denken wäre. „*Les créatures franches*
*ou affranchies de la matière, seraient détachées en même temps de la*
*liaison universelle, et comme les déserteurs de l'ordre général*" [3]). In

---

[1]) Welt als W. u. V. I. S. 164.

[2]) „*Or cette liaison ou cet accomodement de toutes les choses créées à chacune,*
*et de chacune à toutes les autres fait, que chaque substance simple a des rapports*
*qui expriment toutes les autres, et qu'elle est par le conséquent un miroir vivant*
*perpétuel de l'univers*". Monad. 56. Erdm. pag. 709. Vgl.: Monad. 62, ib. pag. 710.

[3]) *Consid. sur le princ. de vie.* Erdm. pag. 432.

dieser Beschränktheit der Monade liegt auch der einzige Grund des Uebels, es hat seinen Spielraum nur innerhalb des Individuums und verschwindet im Ganzen. Sein Charakter ist kein positiver, sondern nur ein privater. *„La perfection est positive, c'est une réalité absolue; le défaut est privatif, il vient de la limitation"* [1]). Die Störung, die im einzelnen Theile vor sich geht, ist nothwendig, um die Ordnung des Ganzen zu erhalten. *„Il y a des cas où quelque désordre dans la partie est nécessaire, pour produire le plus grand ordre dans le tout"* [2]). Ja, die beste der möglichen Welten ist ohne das Uebel nicht denkbar, könnte ohne dasselbe gar nicht existiren. *„Quelque adversaire repondra peutêtre, que le Monde auroit pu être sans le péché et sans les souffrances: mais je nie, qu'alors il auroit été meilleur. Car il faut savoir, que tout est lié dans chacun des Mondes possibles: l'Univers, quelqu'il puisse être, est tout d'une pièce, comme un Océan; le moindre mouvement y étend son effet à quelque distance que ce soit, quoique cet effet devienne moins sensible à proportion de la distance. Ainsi, si le moindre mal qui arrive dans le Monde y manquoit, ce ne seroit plus ce Monde; qui tout compté, tout rabattu, a été trouvé le meilleur par le Créateur, qui l'a choisi"* [3]). Wer sich immer als Theil des Ganzen fühlt, das Ich nicht zum Mittelpunkte und Träger der Welt macht, der begreift das Uebel nur als Bedingung, als Moment des Guten und sieht dieses im Universum zum vollkommensten Ausdrucke gelangen. Von diesem Standpunkte aus erscheint die Welt als die beste der möglichen, in welcher der Schöpfer seine Allgüte, Allweisheit und Allgerechtigkeit offenbart. Da giebt es keinen Gegensatz, keinen Widerspruch, keinen Hiatus im Universum. Alle Wesen sind beherrscht von dem Weltgesetz der Analogie, wonach es keine völlige Verschiedenheit der Dinge giebt, sondern nur eine Differenz dem Grade nach, indem Vorstellung und Streben hier mehr, dort weniger entwickelt sind. Wer ein einziges Ding vollständig kennt, hat dadurch das Schema für alle übrigen. *„Puisque l'uniformité, que je crois observée dans toute la nature, fait, que partout ailleurs, en tout temps et en tout lieu on pourroit dire, c'est tout comme ici; aux degrés de grandeur et de perfection près; et qu'ainsi les choses les plus éloignées et les plus cachées s'expliquent*

---

[1]) *Théodicée. Part. I. 33. pag. 513.* Vgl.: *Monadologie. 42. pag. 708.*

[2]) *Théodicée. Part. II. 145. pag. 547.*

[3]) *Ebendaselbst. Part. II. 9. Erdm. pag. 506.*

*parfaitement par l'analogie de ce qui est visible et près de nous*" [1]). Alle Wesen sind ferner verbunden durch das grosse Gesetz der Continuität, nach welchem es keinen Sprung giebt, weder in der Entwicklung der Natur, noch in der des Geistes. Die Monaden bilden ein Stufenreich, welches in ununterbrochener Reihe zur höchsten Monade, zur Gottheit führt. Endlich ist um alle Wesen das grosse Band der Harmonie geschlungen, welche jedem seine bestimmte Stellung im Weltganzen einzunehmen heisst. Diese Harmonie ist präformirt in dem Wesen der Dinge [2]), prästabilirt durch den Willen Gottes. Nur der beschränkte und getrübte Blick des Menschen kann in einem kleinen Theile des Kosmos Kampf und Vernichtung erblicken [3]), in Wahrheit giebt es nur einmüthige, unvergängliche Substanzen, welche den grossen Weltenchor zur Ehre und zum Preise Gottes anstimmen. Jeder Misston verklingt in der allgemeinen Harmonie, jeder dunkle Punkt wird überstrahlt von der unendlichen Fülle des Lichtes, das ausgegossen ist über die ganze Schöpfung.

Dies sind die Grundzüge der L.'schen Metaphysik, welche die grossen Eigenschaften seines Geistes und seines Gemüthes, Universalität und Harmonie, widergespiegelt zeigen. Alle Gegensätze sind in ihm zu höherer Einheit verbunden. Und so besteht auch die vollkommenste Uebereinstimmung zwischen den Fundamenten seiner Philosophie und dem Geiste seiner Weltanschauung. Mikrokosmos, Continuität der Monaden im Weltall und der Entwickelung in der Monas, Analogie aller Dinge, Verwandtschaft selbst der anscheinend fremdartigsten, Harmonie des Einzelnen mit dem Ganzen und des Ganzen mit dem Einzelnen, diese Principien müssen nothwendigerweise eine optimistische Ansicht von der Welt zur Folge haben. Wir sehen daher den Optimismus nicht nur begründet in dem Charakter L.'s, sondern auch in seinen speculativen Dogmen, der innere Widerspruch, den wir in diesem Punkte bei Sch. gefunden haben, existirt hier nicht. Und wie man auch über die Art und Weise denken mag, auf welche L. seinen Vorsatz, die Welt als die beste der möglichen nachzuweisen, gelöst hat, Niemand wird verkennen dürfen, dass in ihm nicht der geringste Widerspruch

---

[1]) *Consid. sur le principe de vie. Erdm. pag. 432.*

[2]) Weil jedes verworren den Kosmos und damit seinen Platz in demselben vorstellt.

[3]) „*Il n'y a de la contrainte dans les substances qu'au déhors et dans les apparences.*" *Syst. nouv. de la nat. Nr. 17. Erdm. pag. 128.*

vorhanden war, dass sein Leben, seine Thaten, sein Charakter, seine Philosophie vollkommen übereinstimmten, was von Sch. nicht behauptet werden kann [1]).

Wir haben also den Optimisten und den Pessimisten einander gegenüber gestellt. Wir haben gesehen, dass die Differenz ihrer Weltanschauungen nicht hervorgeht aus einer völligen Differenz ihrer metaphysischen Grunddogmen, wir haben zu zeigen versucht, welche die Einwirkung der historischen Bedingungen gewesen sei, unter denen beide Männer auftraten, wie ihr Charakter sie nothwendig inclinirte zu ihren Anschauungen und wie diese Inclination durch die herrschende Zeitströmung gefördert wurde, wie die Voraussetzungen des Pessimisten in völligem Widerspruch stehen mit seinen Resultaten, wie der Optimist in völliger Consequenz geblieben ist mit seinen Principien. Wir haben gefunden, dass der Pessimismus philosophisch unmöglich ist und nur praktische Bedeutung hat, insofern Individuen mit stark ausgeprägter subjectiver Natur und Völker und Zeiten von unglücklicher politischer und socialer Geschichte geneigt sind, ihre Leiden und Kämpfe zu generalisiren und in Folge dessen die ganze Welt für schlecht und werthlos anzusehen. So hat das indische Volk, in ewiger politischer Unthätigkeit verharrend und stets den schrecklichen Folgen der Uebervölkerung ausgesetzt, eine düstere, ascetische Weltanschauung angenommen. So ergriff in den ersten Jahrhunderten nach Christus, als jeder denkbare Gräuel und die furchtbarsten und schamlosesten Verbrechen ungestraft ausgeführt wurden, ein büssender, entsagender Geist die Menschen, der sie antrieb, in Wüsten zu fliehen und alle Genüsse dieses Lebens und dieses selbst als etwas Nichtiges zu verachten. Aber eine Zeit, die bedeutende Ziele vor sich hat, die sich bewusst ist, für die ewigen, unvergänglichen Interessen der Menschheit zu arbeiten, die begriffen hat, dass in der Geschichte das Gesetz eines stetigen Fortschrittes herrscht, den keine Macht zu hemmen und aufzuhalten vermag, eine solche Zeit wird sich froh dem Leben zuwenden und alle Kräfte zu reger Thätigkeit anspornen, um ihre

---

[1]) Es sind dem Verfasser die vielen Widersprüche, Sophismen und Mängel der Theodicee keineswegs entgangen, hier handelt es sich aber bloss darum, festzustellen, in welchem Verhältnisse die theoretische und praktische Philosophie L.'s zu einander stehen. Eine Kritik seiner Dogmen und Beweise ist nicht hier am Platze, wo wir nur im Auge zu behalten haben, dass

„Recht hat jeder eigene Charakter,
Der übereinstimmt mit sich selbst."

grossen Aufgaben zu lösen und ihre Zwecke erfüllen zu können. Die Philosophie des Todes, der Quietismus, der die Hände müssig in den Schoss zu legen heisst, kann nur Wurzeln schlagen, wenn alles Streben abgestorben ist, wenn eine Nation oder eine Epoche zu altern anfängt und sich ausgelebt hat. Aber über Völker und Zeiten erhaben ist die Menschheit; aus der Asche untergegangener Perioden erhebt sie sich verjüngt, um von Neuem an die Fortsetzung ihres grossen Werkes zu gehen.

Wenn wir uns zum Schlusse noch fragen, welche Stellung Sch. in der deutschen Philosophie einnimmt, so sehen wir, dass er ausserhalb der Entwickelungsreihe unserer grossen Denker steht. Die deutsche Philosophie hatte schon früh die Formel gefunden, welche den Pessimismus für immer aus der deutschen Wissenschaft und dem deutschen Volke hinausbannt. Als letzteres am tiefsten erniedrigt war, durfte ihm ein Fichte zurufen, dass die Welt nur das versinnlichte Material der Pflicht sei und die Existenz des Einzelnen keinen anderen Zweck habe, als das moralische Gesetz zu erfüllen. Die Nation Kant's und Fichte's, das Volk des kategorischen Imperativs kann sich nicht angezogen fühlen von einer Lehre, welche unthätige Ruhe als das höchste anzustrebende Ziel predigt. Sie stellt sich unter die Fahne Leibnizens, des universellen Denkers, der ihr zeigt, dass unermüdlich rastlose Thätigkeit, unaufhaltsam fortschreitende Entwickelung, unaufhörlich ringendes Streben nach Vervollkommnung das innerste Wesen der Welt bildet, und sie verwirklicht diese grossen Principien in der Geschichte ihrer Thaten und ihrer Gedanken.

Ich, Georg Jellinek, geboren zu Leipzig den 16. Juni 1851, bin der Sohn des Dr. Adolf Jellinek und der Frau Rosalie, geb. Bettelheim. Mein Vater, der Prediger der israelitischen Gemeinde meiner Vaterstadt· war, erhielt 1857 einen Ruf nach Wien, dem er im Herbste desselben Jahres Folge leistete. Nachdem ich in Leipzig in den ersten Anfangsgründen von Herrn Dr. Maximilian Schmiedl, jetzt k. und k. österr.-ung. Consul in Tanger, unterrichtet worden war und durch einige Monate die Zille'sche Schule besucht hatte, erhielt ich nun in Wien durch mehrere Jahre Privatunterricht. Derselbe wurde hauptsächlich geleitet von Herrn Dr. Gustav von Schlesinger, dem ich die Grundlagen meiner Bildung verdanke, und Herrn Dr. Ottokar Schiwek, derzeit Professor an der Oberrealschule zu Sprottau in Pr. Schlesien. Im Herbste 1863 trat ich in die oberen Klassen des Wiener akademischen Gymnasii ein. Am 17. Juli 1867 legte ich daselbst die Maturitätsprüfung ab. Mit dem Zeugnisse der Reife entlassen, bezog ich drei Monate später die Universität Wien, wo ich ununterbrochen bis Ostern 1870, dann während des Studienjahres 1871 immatriculirt war. Das Sommersemester 1870 brachte ich auf der Ruperto-Carola, das Winterhalbjahr 1872 auf der hohen Schule meiner Vaterstadt zu. Meine Studien waren philosophische, national-ökonomische, juristische. Ich besuchte die Collegien folgender Professoren und Docenten; in Wien: Arndts, Ihering, Unger, Philipps, Siegel, Glaser, Harum, Neumann, Pachmann, Hoffmann, Lorenz v. Stein, Schäffle, Zimmermann, Gomperz, Barach-Rappaport, Eitelberger, Lorenz, Simony; in Heidelberg: Zeller, v. Reichlin-Meldegg, v. Treitschke, Schliephacke, Pagenstecher; in Leipzig: Ahrens, Roscher, Fechner, Biedermann, Höck.

Dank Ihnen, die mich zu wissenschaftlichem Streben anregten, Dank Allen, die meine Studien gefördert und es mir ermöglicht haben, das erste Ziel meiner Thätigkeit zu erreichen!

Wien. Druck von Carl Fromme.